A L'HOTEL
CHANTEREINE

POISSY. — TYP. ARBIEU.

A L'HOTEL
CHANTEREINE

Scènes de la vie politico-épicurienne

PAR

CHARLES NARREY ET JULES DE S^{T}-FÉLIX

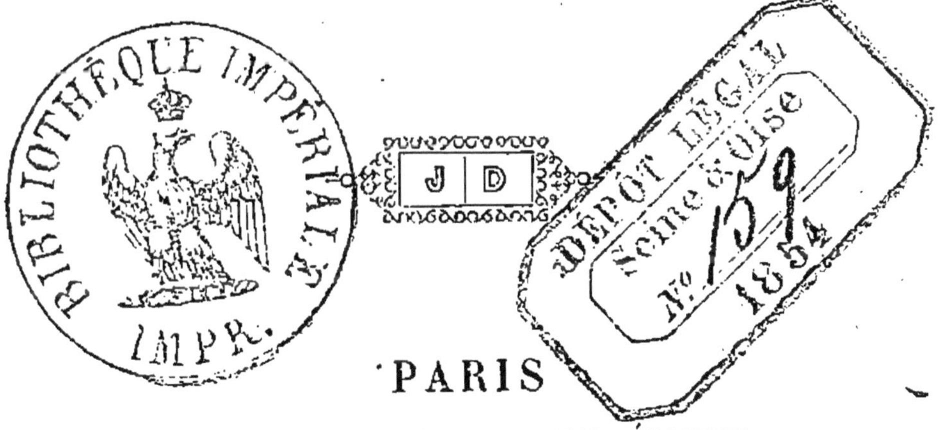

PARIS
JULES DAGNEAU, LIBRAIRE-ÉDITEUR
23, RUE FONTAINE-MOLIÈRE, 23
AU PREMIER

1854

UN SALON AU PALAIS DU LUXEMBOURG

—

CHEZ LE DIRECTEUR BARRAS

—

18 JOURS AVANT LE 18 BRUMAIRE

PERSONNAGES

BARRAS, membre du Directoire et président du conseil, 44 ans.

Le comte ROLAND DE CERNY, capitaine de dragons, sous le nom de Roland Bernard.

CORNÉLIE, danseuse de l'Opéra.

UN AGENT DE POLICE.

LE SECRÉTAIRE de Barras.

HUISSIERS, DOMESTIQUES.

1799

A

L'HOTEL CHANTEREINE

Un salon au palais du Luxembourg, chez le directeur Barras.

SCÈNE PREMIÈRE.

UN AGENT DE POLICE, vêtu à la dernière mode ; LE SECRÉTAIRE DE BARRAS.

L'AGENT, entrant.

Le citoyen Barras, président du Directoire, est-il au Luxembourg?

LE SECRÉTAIRE, se levant quand Barras entre.

Le voici.

SCÈNE II.

LES MÊMES, BARRAS.

BARRAS, au secrétaire qui va s'éloigner.

Botto... Botto... Tu enverras à Cambacérès la caisse de vin de Madère que je lui ai promise, du vrai *Madeira* qui m'est arrivé malgré la croisière anglaise. (A mi-voix en montrant l'agent.) C'est *celui* qui surveille l'officier d'ordonnance de Bonaparte? (Signe affirmatif du secrétaire). Très-bien. — Il est clair pour moi que cet officier n'a quitté l'Egypte que pour préparer le retour de son général... Les étendards et les chevaux qu'il nous rapporte sont des prétextes aussi fallacieux que bariolés et fringants... Encore un mot, donne des ordres à l'huissier de service pour qu'il ne laisse entrer que le capitaine Roland Bernard et mademoiselle Cornélie, de l'Opéra.

Le secrétaire salue et sort.

SCÈNE III.

BARRAS, L'AGENT DE POLICE.

BARRAS, à part.

Cette chère Cornélie ne se doute pas des services qu'elle rend au Directoire ; elle débite comme un petit perroquet ce qu'elle entend, et comme elle a des amis dans tous les mondes, elle en entend de toutes les couleurs... Je sais mieux ce qui se dit et ce qui se fait par elle que par ma police secrète... (L'agent tousse, Barras se retourne.) Ah ! je vous avais oublié... votre rapport d'aujourd'hui.

Barras est assis dans un fauteuil, l'agent se tient debout devant lui.

L'AGENT.

D'abord, citoyen directeur, le capitaine Roland Bernard n'est pas, comme vous le croyez, un petit officier de fortune... c'est le comte de Cerny... qui s'abrite sous ce nom roturier... un aristocrate déguisé en républicain... et...

BARRAS, avec hauteur.

Prenez garde, Monsieur, vous allez oublier que vous parlez au vicomte de Barras, descendant d'une des plus anciennes familles de Provence. (Brusquement.) Mais cela ne vous regarde pas, — parlez-moi du capitaine.

L'AGENT.

Il est sorti à huit heures du matin ; il a fait des courses insignifiantes chez ses fournisseurs jusqu'à midi ; — à midi, il est entré à l'hôtel Bonaparte, rue Chantereine. — J'ai renvoyé mes agents, et je me suis chargé seul du *sujet.*

BARRAS.

Combien de temps est-il resté chez madame de Bonaparte?

L'AGENT.

Une heure environ, — il est sorti de l'hôtel rayonnant. — A la porte, il a rencontré un ami de madame Bonaparte avec qui il a échangé quelques mots.

BARRAS.

Et ces mots?

L'AGENT.

Je n'ai pu les entendre.

BARRAS.

Vous êtes donc sourd? Poursuivez.

L'AGENT.

De la rue Chantereine, il s'est dirigé vers la place de la Révolution, mais à si grands pas que j'avais peine à le suivre.

BARRAS.

Vous êtes donc asthmatique ?

L'AGENT.

Il est entré chez M. de Talleyrand, la visite a duré une heure et demie.

BARRAS.

Diable !

L'AGENT.

En sortant, il paraissait fort préoccupé, il marchait d'une façon si irrégulière que j'ai failli le heurter à l'angle de la rue.

BARRAS.

Vous étiez donc ivre?

L'AGENT.

Je l'ai suivi à distance jusqu'à la terrasse des Feuillants. Là, il est entré chez le restaurateur Le Gacq.

BARRAS.

Il choisit bien son cuisinier. — Quelle heure était-il ?

L'AGENT.

Trois heures et quelques minutes.

BARRAS.

Notre officier se trompe : pour bien souper, il faut dîner à deux heures, et boire dans l'intervalle beaucoup de thé mêlé de rhum. — Mais cela ne vous regarde pas, vous, — poursuivez.

L'AGENT.

Je suis entré chez Le Gacq. J'ai été assez heureux pour trouver une table voisine de celle de mon sujet.

BARRAS.

Ah ! Ah ! le métier a des revenant-bons, hein ?

L'AGENT.

Et vice versa. Citoyen directeur, l'officier est très-sobre...Il a cependant bu une bouteille de Chambertin. — j'ai fait comme lui, — puis il a pris des notes au crayon.

BARRAS.

Vous les avez lues?

L'AGENT.

Pas précisément.

BARRAS.

Vous êtes donc aveugle ?

L'AGENT.

J'ai eu l'idée d'entr'ouvrir une fenêtre, espérant que le vent emporterait quelques papiers de notre homme, et que je pourrais les ramasser par politesse... C'est ce qui a eu lieu.

BARRAS.

Bravo !

L'AGENT.

Je lui en ai rendu plusieurs en lui faisant des excuses au sujet de la fenêtre, et j'ai glissé ceci dans ma manche.

BARRAS, prenant le papier.

C'est charmant ! (Lisant la note.) « D'Alexandrie à Toulon, 8 à 10 jours de traversée ; de Toulon à Paris, 3 jours en poste... » (S'interrompant.) C'est évident, Bonaparte a quitté l'Égypte ! — « Personnes à voir, — Récamier, Ouvrard, Rewbel, surtout Lucien... Savoir des nouvelles de Carnot. » — C'est cela, Carnot qui est proscrit s'entend avec eux. Plus de doute, notre officier conspire ! (A l'agent.) Après ?

L'AGENT.

Après, l'officier est rentré chez lui ; il y est encore en ce moment. — Il ne doit sortir que pour venir souper ici avec le citoyen directeur.

BARRAS, surpris.

Comment savez-vous cela ? J'ai fait porter mon billet d'invitation par un domestique affidé. De quelle police êtes-vous donc? car nous en avons bon nombre aujourd'hui.

L'AGENT.

J'appartiens à la police particulière du président du Directoire.

BARRAS.

Vous êtes à moi, et vous lisez mes billets! vous me surveillez donc moi-même ?

L'AGENT.

Si je suis votre œil, je dois savoir ce que vous faites.

BARRAS.

Mais, drôle, cette lettre écrite dans mon cabinet et envoyée en secret...

L'AGENT.

Je l'ai prise très-secrètement aussi au moment où on la déposait chez le concierge de l'officier, je l'ai décachetée, lue, repliée... et j'ai gardé le secret.

BARRAS.

Ceci me réconcilie avec vous. — Mon propre agent qui lit mes lettres ! Diable ! je ne vous croyais pas si fort. — Continuez à surveiller le sujet et tâchez de m'oublier un peu.

L'agent salue et sort.

SCÈNE IV.

BARRAS seul, puis le SECRÉTAIRE.

BARRAS.

Mes deux collègues Moulins et Gohier ont raison. Bonaparte a abandonné sans autorisation le commandement en chef de l'armée expéditionnaire... Quelle magnifique occasion de le faire fusiller ! — Le faire fusiller !... En ai-je le droit ? oui, puisque je suis son bienfaiteur... Décidément, j'ai fait une école en protégeant ce jeune homme... On ne doit protéger que les incapacités.

LE SECRÉTAIRE.

Une lettre arrivant par ordonnance du ministre de la police.

BARRAS, prenant la lettre des mains du secrétaire, et se promenant à grands pas, préoccupé.

Bonaparte devient dangereux ; si nous le laissions entrer dans Paris, il nous ferait sauter par les fenêtres. — Voyons ce que mande Fouché : (Ouvrant la lettre.) « Mon cher » Barras, vous vous alarmez à tort ; ma » police est mieux informée que toutes les » contre-polices.—Bonaparte n'a pas quitté

» l'Egypte. — En voici la preuve : je viens » de faire saisir à la poste une lettre de » Roland Bernard, adressée à Bonaparte, au » Caire... Salut et fraternité. —*P. S.* Cette » lettre est remplie de choses flatteuses » pour vous et pour la République. » — Je n'y suis plus du tout ! — Que croire, que ne pas croire ? Décidément, depuis que tout le monde écoute aux portes, personne ne sait plus rien. — Il n'y a que Cornélie qui puisse me tirer de là en arrachant à ce maudit officier le mot de l'énigme. Diable d'Egyptien ! C'est un vrai sphynx.

LE SECRÉTAIRE.

La citoyenne Cornélie du théâtre de la Nation.

BARRAS.

C'est mon étoile qui l'amène

SCÈNE V.

BARRAS, CORNÉLIE.

BARRAS.

Venez, chère belle, venez vous asseoir sur ce canapé ! Nous avons à causer sérieusement. Mais, bon Dieu ! que vous êtes dangereusement jolie !.... Voilà un costume...

CORNÉLIE.

Assez gracieux. — Oui, je suis habillée à la grecque.

BARRAS, riant.

Vous voulez dire déshabillée à la grecque... Est-ce que vous dansez ce soir ?...

CORNÉLIE.

Moi !... non ; je comptais paraître à l'Opéra... mais dans ma loge, voilà tout.

BARRAS.

Et vous me sacrifiez votre soirée, ravissante Aspasie ?

CORNÉLIE.

Oui, grand Périclès.

BARRAS.

Ah ! Périclès !... au fait, pourquoi non ! j'aime les arts, je gouverne la République, et je vous adore.

CORNÉLIE.

Voilà, ou je me trompe, des titres à l'immortalité. Quant à ce costume grec, trois femmes seulement osent encore se montrer ainsi aux Tuileries.

BARRAS.

Eh ! eh ! il n'est pas permis à tout le monde d'aller à Corinthe... *Non licet omnibus adire...*

CORNÉLIE.

Du latin, monsieur le vicomte... Vous parlez comme un théologien.

BARRAS.

Comme l'abbé Sieyès, Mademoiselle.

CORNÉLIE.

Méchant collègue !... Eh bien ! comme un évêque !

BARRAS.

Alors comme Talleyrand, car le clergé élégant abonde dans notre Olympe politique.

CORNÉLIE.

Est-ce pour un concile que vous m'avez invitée à ?... Voyons, j'écoute.

BARRAS.

Acceptez d'abord ce bouquet ; il vous indique d'avance que vous avez une charmante et merveilleuse mission à remplir.

CORNÉLIE.

Vous avez donc fait venir cela des Florides. Je ne comprends rien encore à ma mission. Mais voilà des parfums de l'Empyrée.

BARRAS.

Je m'explique : il s'agit de sauver...

CORNÉLIE.

La patrie ?

BARRAS.

Pas précisément.

CORNÉLIE.

Le directoire alors ? c'est plus grave.

BARRAS.

Non, il s'agit de sauver une jeune fille

qui est ma filleule, et que j'aime comme une fille.

CORNÉLIE.

Un péché de jeunesse... Ah ! Périclès !

BARRAS.

Non.

CORNÉLIE.

Vous dites toujours non, Périclès !

BARRAS.

Folle. Revenons à ma filleule : Sa mère veut la marier à cet officier que Bonaparte nous a expédié d'Égypte. (Avec intention.) A propos, en avez-vous entendu parler depuis ce matin ?

CORNÉLIE, avec volubilité.

C'est à-dire que je n'ai entendu parler que de lui... il paraît qu'hier, en traversant le Palais-National, il a été l'objet d'une ovation populaire.

BARRAS, à part.

Voilà ce que ma police ne m'a pas appris.

CORNÉLIE.

Plus de trois mille citoyens l'ont entouré en criant : Vive Bonaparte ! Vive l'ami de Bonaparte ! Vivent les soldats de Bonaparte ! — Ils ont voulu décerner à notre capitaine, les honneurs du triomphe — Il n'a pu leur échapper qu'en fuyant. (Riant.) C'est la première fois qu'on aura vu fuir un officier français. — Décidément, cet Egyptien est *le lion* du jour, et mademoiselle votre filleule est bienheureuse d'épouser un tel homme.

BARRAS.

Peut-être ! On dit tout haut qu'il est mêlé à une sotte intrigue qui ne servira qu'à compromettre le général Bonaparte et (Avec intention.) vous comprenez, s'il préparait, comme on l'assure, le retour clandestin du vainqueur des Pyramides — ce serait un mauvais parti pour... ma filleule, c'est ce que je voudrais savoir.

CORNÉLIE, souriant.

Il faut le lui demander.

BARRAS.

Ne riez pas, Cornélie... ce mariage est ma seule préoccupation depuis trois jours... nous en reparlerons; d'abord, vous soupez ici en agréable compagnie.

CORNÉLIE.

Aurons-nous madame St-Aubin, Elleviou, Martin, Garat... l'incompa...able Ga...at en habit mo...do...é — c...avate py...amidale, cadenettes à l'l...is... (Elle chante en imitant Garat.)

« Ecoutez-moi, Divinités po.. pices. »

BARRAS.

Un moment... un moment, réservez pour tantôt votre lyrisme et vos séductions, aimable Orphée, vous avez à attendrir un Cerbère plus redoutable que vous ne pensez. Oui, Mademoiselle, je vous ai priée pour un souper à trois personnes... vous, l'officier sus-dénommé, et...

CORNÉLIE.

Ah! mon Dieu, je me sauve! quelque vieux débris de Sambre-et-Meuse, un dur-à-cuire, visage tanné — une couture au coin de l'œil — deux balafres sur le front — moustaches graissées — museau de loup — une... deux... palsambleu! têtebleu! vertubleu! ventrebleu! Tout ce qu'il y a de plus bleu!

BARRAS.

Quand vous aurez fini. — Comment, Mademoiselle, vous qui savez tout d'ordinaire, vous ne savez pas que cet officier est jeune, beau et brave, mais diplomate et aigrefin comme un conseiller aulique du Saint-Empire. — Jusqu'à présent personne n'a pu lui arracher son secret.

ORNÉLIE.

Personne?

BARRAS.

Et personne ne le saura jamais, pas même vous, peut-être !

CORNÉLIE.

C'est selon, si je m'en mêlais sérieusement.

BARRAS.

J'hésite à vous en prier de peur de vous faire perdre un temps précieux — Je sais bien que vous êtes la fine fleur des pois de l'Opéra et l'amie de Périclès, mais...

CORNÉLIE.

Il est donc muet notre Alcibiade à crinière de dragon?

BARRAS.

A peu près, et c'est dommage, car il paraît qu'il connaît les plans du général en chef.

CORNÉLIE, riant.

Pour une seconde expédition en Syrie ?

BARRAS.

Pour une expédition en France, — vous comprenez... (Avec intention.) Si l'officier sait que Bonaparte doit revenir pour abattre la République et pour s'emparer du pouvoir directorial — s'il sait le moment fixé pour un débarquement et le lieu désigné sur le littoral... alors il est évident qu'il est de la conspiration, et il est impossible qu'il épouse ma filleule... Vous, à qui personne ne résiste, divine fée, séduisez ce beau capitaine Roland, sans vous laisser trop séduire. — A quoi rêvez-vous, Mademoiselle ?

CORNÉLIE.

C'est une idée folle qui me traverse l'esprit... Ce nom de Roland me rappelle... mon premier...

BARRAS.

Votre premier... c'est donc une charade.

CORNÉLIE.

Ah ! que vous êtes curieux, grand Périclès! Eh bien ! oui, il y a environ huit ans... j'étais encore au village... j'avais à peine 15 ans...

BARRAS.

Vous vous taisez, belle Cornélie?

CORNÉLIE, avec impatience.

Je n'ai rien à dire — absolument rien .. si

vous avez des souvenirs de jeunesse, monsieur le vicomte, gardez-les, je ne vous les demande pas, mais laissez moi les miens.

BARRAS.

Allons donc! est-ce que vous allez faire la petite fille, Mademoiselle? — Ce nom de Roland vous rappellerait-il quelque gros villageois bien joufflu qui vous faisait la cour, le dimanche dessus l'herbe tendre, près d'un clair ruisseau.

CORNÉLIE.

Vous êtes un vilain homme, citoyen directeur.

BARRAS.

Tenez, ma chère, renoncez à votre pastorale. — L'officier en question est un aristocrate déguisé qui, certainement, n'a baisé les mains qu'à des marquises.

CORNÉLIE.

C'est bon, c'est bon, illustre directeur... Dans tous les cas, ne comptez pas trop sur moi.

BARRAS.

Ne comptez pas trop sur Cornélie, c'est précisément ce que me disait quelqu'un ce matin. — Les danseuses, ajoutait-il, n'ont de l'esprit que dans les jambes, et ce brillant capitaine Roland pourrait bien se moquer d'elle comme de toutes les autres.

CORNÉLIE.

Ce quelqu'un qui vous parlait ainsi n'est qu'un fat ou un sot, à son choix ; je crois même qu'il réunit les six lettres de ces deux mots.

BARRAS, à part.

La voilà piquée, elle aura les secrets de notre officier.

CORNÉLIE, à part.

Ah ! M. de Barras ! quel rôle voulez-vous donc me faire jouer? Nous verrons bien.

BARRAS, allant à elle.

Vous dites, Mademoiselle.

CORNÉLIE, allant à lui.

Vous dites, citoyen vicomte.

BARRAS.

Que je suis toujours à vos pieds.

CORNÉLIE, avec un sentiment affecté.

Et moi, dans vos chaînes.

BARRAS.

Qu'il n'est rien que je ne fasse pour vous être agréable.

CORNÉLIE.

Que rien ne m'est plus agréable que votre agrément.

BARRAS.

Que je vous aime.

CORNÉLIE.

Que je vous adore.

BARRAS.

Que je brûle de baiser vos jolis petits doigts roses.

CORNÉLIE.

Que je grille de vous les abandonner.

Barras lui saisit les mains et les couvre de baisers.

UN HUISSIER.

Le capitaine Roland.

CORNÉLIE, retirant ses mains.

Ah!

BARRAS, surpris.

Oh ! je l'avais oublié, ma chère ; je vous laisse un instant avec lui... Soyez adroite.

Il sort.

SCÈNE VI.

CORNÉLIE, seule.

Il me laisse seule avec ce capitaine Roand... Si c'était mon Roland !... Quelle apparence ! Il y a plus d'un... homme... qui s'appelle... Roland !

SCÈNE VII.

CORNÉLIE, assise à droite, un journal de mode à la main ; ROLAND, entrant.

UN HUISSIER.

M. de Barras vous prie de l'attendre un instant dans ce salon.

ROLAND salue Cornélie et va s'asseoir à gauche. — A part, après avoir parcouru un papier.

Voici, sans doute, cette Cornélie dont le rapport me dit de me défier... On m'a ménagé un tête à tête.

CORNÉLIE, regardant de côté, à part.

Il y a tout à parier que c'est lui, mais il est changé; toujours beau cependant.

ROLAND, regardant de côté.

C'est dommage !... Où diable ai-je vu ce charmant visage ?

CORNÉLIE.

Il me regarde sournoisement, il ne me reconnaît pas, ce n'est peut-être pas lui... (Portant la main à son cœur.) Si, c'est lui, mon cœur me le dit, et il a de la mémoire, mon cœur.

ROLAND, lisant son rapport.

Cet agent est un homme merveilleux ! Il sait tout ce que l'on a fait, ce que l'on fait et ce que l'on fera. (Lisant.) « Ne parlez » pas trop, ne buvez guère, Barras et sa » sirène veulent vous arracher vos secrets. »

(Regardant Cornélie.) Avec une figure si franche, si ouverte... c'est dommage !

CORNÉLIE, à part.

Décidément, il ne me reconnaît pas... Je suis furieuse !... Aimez donc les gens ! (Elle se lève et va se regarder dans la glace.) Je ne me croyais pas si changée... Suis-je laide ? — Elle est donc bien jolie, cette filleule de Barras ! — Je ne sais comment entamer la conversation. (Haut.) M. de Barras tarde bien à venir.

ROLAND, froidement.

Oh ! je ne suis pas pressé.

CORNÉLIE, avec volubilité.

Avez-vous vu le dernier ballet ? Il est divin, n'est-ce pas ! Quel luxe, quels décors ! On se croirait dans le royaume des fées, et comme la musique est charmante !...

ROLAND.

Charmante !

CORNÉLIE, même jeu.

Avez-vous remarqué madame de Bonaparte dans sa loge ?.. On l'aurait pu prendre pour une reine, tant elle était entourée et courtisée. Du reste, elle était, comme toujours, adorable.

ROLAND.

Adorable !

CORNÉLIE, même jeu.

Êtes vous allé à la soirée de Garat ? Quelle cohue ! On s'écrasait, on s'étouffait... C'était délicieux !

ROLAND.

Délicieux !

CORNÉLIE, à part.

C'est un écho que cet homme-là ! — Arrachez donc des secrets à un écho !

ROLAND, à part.

Mademoiselle Cornélie va bien.

CORNÉLIE, à part.

Quelle peut être cette lettre qu'il lit avec tant d'acharnement ? — Si elle était de sa fiancée !... Elle est de sa fiancée ! — Comme il l'aime ! — Serais-je jalouse? Non ! certainement ; mais je voudrais bien qu'il n'épousât pas cette femme.

SCÈNE VIII.

LES MÊMES, BARRAS.

UN HUISSIER.

M. le vicomte de Barras.

BARRAS.

Pardonnez-moi, capitaine, des importuns m'ont retenu... mais je suis tout à vous. — J'ai renvoyé à demain les affaires. (Présentant

Cornélie.) Mademoiselle Cornélie, de l'Opéra.

ROLAND, à part, saluant.

J'avais deviné. — Soyons diplomate et galant.

BARRAS, à Cornélie.

Le capitaine Roland. (Cornélie salue.) Mademoiselle, si vous le permettez, nous souperons dans ce petit salon. — Nous y serons beaucoup plus à nous que dans la salle à manger, qui est ouverte à tous les échos. (Cornélie approuve d'un signe, Barras va sonner ; en passant près de Cornélie, il lui parle bas.) Savez-vous quelque chose ?

CORNÉLIE, bas.

Le mariage de votre filleule est impossible.

BARRAS, de même.

Il conspire donc ?

CORNÉLIE, de même.

Peut-être.

BARRAS, de même.

Bonaparte a quitté l'Egypte?

CORNÉLIE.

Il se pourrait bien!

BARRAS.

Vous ne savez encore rien de positif?

CORNÉLIE.

Je sais que le mariage projeté est impossible.

BARRAS.

Ah!

ROLAND, à part.

Ils parlent de moi!

BARRAS, au domestique.

Faites servir ici. (A part.) Mon plan est excellent, je grise l'officier, il achève de se tra hir, et je le retiens prisonnier au Luxembourg.

ROLAND, à part.

Si je grisais monsieur le vicomte. — Nous verrons.

SCÈNE IX.

LES MÊMES, UN MAITRE D'HOTEL, suivi de deux domestiques qui apportent une table servie.

LE MAITRE D'HOTEL.

Monsieur le directeur est servi.

BARRAS.

Mademoiselle, vous êtes servie. (Les trois convives prennent place autour de la table.) Le capitaine est arrivé d'Egypte, il nous contera des merveilles.

ROLAND, regardant Cornélie.

J'en trouve ici d'incomparables.

CORNÉLIE, au capitaine.

Que vous êtes heureux d'avoir visité l'Orient! — Je me fais une idée féerique de ce pays-là.

ROLAND.

L'Orient est surtout admirable à Paris.... à l'Opéra, Mademoiselle.

BARRAS, à part.

Bon ! une allusion et une œillade... Il s'y prendra...

CORNÉLIE, à part.

Il me semble qu'il me reconnait. (Haut.) Capitaine, ne seriez-vous pas enthousiaste de l'Orient ? Vous l'avez cependant parcouru en vainqueur.

ROLAND.

A la suite d'un grand vainqueur, oui, Mademoiselle.

CORNÉLIE.

Vous avez raison, Bonaparte est mon héros.

BARRAS, à part.

Nous y voilà. — Dans dix minutes — elle saura où est son héros. — (Haut.) Personne mieux que le capitaine ne peut vous donner des nouvelles de nos généraux d'Egypte.

CORNÉLIE.

Parlez-moi de Kléber ?

ROLAND.

Toujours beau.

CORNÉLIE.

De Lannes ?

ROLAND.

Toujours brave.

CORNÉLIE.

De Desaix ?

ROLAND.

Toujours sage.

CORNÉLIE.

Vraiment ! — Même dans le pays des Almées !... Mais revenons au général en chef.

BARRAS, à part, buvant.

Allons donc.

ROLAND.

Vous connaissez sa réputation d'austérité. Elle est méritée... Ce sultan du feu, disent les Turcs, ne boit jamais aux coupes enchanteresses.

BARRAS.

Du vin d'Aï, capitaine.

ROLAND.

Volontiers, citoyen directeur. — Je bois au Directoire et à mademoiselle Cornélie ! (Ils boivent).

BARRAS.

Du vin du Rhin.

CORNÉLIE.

Je bois à la fin prochaine du veuvage de la tendre créole, madame de Bonaparte.

BARRAS.

A la fin prochaine du veuvage de madame de Bonaparte, c'est charmant !... C'est-à-dire, au retour prochain de l'époux. (Il fait signe au domestique de verser à boire au capitaine.)

ROLAND, à part.

Fais des signes, va...

BARRAS, à part.

Nous allons savoir si Bonaparte est en route, oui ou non. (Nouveaux signes aux valets.)

ROLAND, à part.

Tient-il à me griser ? — Eh bien ! donnons-lui la comédie. (Haut, prenant le ton et es manières d'un homme presque ivre.) Personne ne fait, plus que moi, des vœux pour la paix après notre glorieuse conquête. Je bois donc au retour du général en chef.

BARRAS, bas à Cornélie.

C'est déjà quelque chose... Il va parler... (Il fait signe aux valets de se retirer. — Ils sortent. — A un valet.) Fermez toutes les portes.

SCÈNE X.

ROLAND, CORNÉLIE, BARRAS.

ROLAND.

A boire ! (Il verse lui-même pour lui et pour Barras.)

BARRAS.

Moi, je crois, Mademoiselle, que votre toast portera bonheur à l'illustre veuve... — Le général reviendra bientôt. — Demandez au capitaine ce qu'il en pense ?

ROLAND.

En fait de renseignements sur le retour de Bonaparte, Mademoiselle ne peut pas s'adresser mieux qu'au président du Directoire.

CORNÉLIE, à part.

Attrape, Barras.

BARRAS, versant au capitaine et buvant, à part.

Rusé coquin ! Patience ! le vin et l'amour sont deux grands voleurs de secrets. (Haut.) Du vin de Chypre !

ROLAND, buvant et jouant l'ivresse.

Volontiers ! C'est le vin favori de Bonaparte. Il me tarde qu'il soit de retour, pour en boire avec lui, chez lui.

BARRAS, imposant silence à Cornélie.

Il revient donc?

ROLAND, buvant.

Comment! vous ne le saviez pas? Si vous ne le saviez pas, je suis heureux d'être le premier à vous en donner la nouvelle... A boire... du Lunel ou du Malvoisie. (Il boit.) Je vous le demande : pourquoi ne reviendrait-il pas?

BARRAS.

Mais pourquoi revient-il?

ROLAND.

Je ne vous le dirai pas... Et pourquoi ne vous le dirais-je pas? Vous êtes mon ami, Mademoiselle est mon amie, je ne vois pas pourquoi j'aurais des secrets pour vous; aussi bien, depuis trop longtemps, je garde un masque sur mon visage, moi, un soldat, un Français... Vous êtes Français aussi, vous, qu'est-ce qui n'est pas Français? les étrangers; je dirai plus, il n'y a que les étrangers qui ne le soient pas... A boire... du Xérès ou du Porto! Nous disions donc que je serai nommé colonel, le jour, l'heureux jour du retour de mon grand homme... Demain ou après, je commande mes épaulettes étoilées... Eh! eh! je n'ai plus de temps à perdre, nous sommes le...

BARRAS.

Le 17... Est-ce aujourd'hui qu'arrive Bonaparte?

ROLAND.

Bonaparte, je ne connais pas.

BARRAS.

Rappelez vos souvenirs, mon cher capitaine, et venez commander vos nouvelles épaulettes.

ROLAND.

J'ai le temps, puisque Bonaparte n'est parti que depuis...

BARRAS.

Que depuis?...

ROLAND.

Que depuis le...le 13. Mais vous ne savez donc rien, vous?

BARRAS.

Il y a donc quatre jours seulement que Bonaparte est embarqué. (A Cornélie.) Cornélie, vous êtes un ange... Vous l'avez fasciné; il a bu en vous regardant, il s'est enivré de vin et d'amour, je suis tranquille, nous pouvons rire et chanter, j'ai le temps de parer à tout. Pauvre sot! (Il boit.)

ROLAND, jouant toujours l'ivresse.

Nous allons donc nous griser décidément?

BARRAS, buvant.

Décidément.

ROLAND.

Ma foi, tant que vous voudrez.

BARRAS.

Avez-vous une chanson à nous dire, Mademoiselle? C'est le moment.

CORNÉLIE.

Je veux bien ; seulement à une condition, c'est qu'on boira rasade à chaque couplet, il y en a vingt-deux.

ROLAND.

Que vingt-deux !

BARRAS, un peu aviné.

Ah ! que vingt-deux !

ROLAND.

Enfin j'accepte... et vous, monsieur le vicomte?

BARRAS.

Moi, je n'ai jamais reculé devant un défi.

ROLAND, d'un ton aviné.

Bravo !... Vive le directeur Barras ! (A part, changeant de ton.) Cornélie fait joliment mes affaires. Le président du Directoire sera ivre-mort quand Bonaparte entrera dans Paris... d'ici à une heure.

BARRAS, à part, aviné.

Cette Cornélie est une petite fée... Nous savons tout déjà, bientôt nous saurons le reste... (Haut, frappant son verre avec son couteau.) La chanson ! la chanson !

ROLAND.

La chanson !

CORNÉLIE.

C'est un pont-neuf tout nouveau au sujet de l'abbé Sieyès, qui prend des leçons d'équitation comme chacun sait.

BARRAS, riant.

Ce cher abbé ! J'aime beaucoup sa mélaphysique en bottes de cuirassier et en culotte de peau.... Mais je préfère une chanson à boire.

ROLAND.

Je pense comme notre aimable amphitryon.

BARRAS, gaiement.

Allons, Madame, prouvez-nous que si vous dansez comme une nymphe, vous chantez comme une sirène.

CORNÉLIE, se levant, avec force.

Chanson à boire, c'est une chanson à boire ! (Changeant de ton.) Mais j'y songe, Messieurs, j'allais commettre un anachronisme impardonnable : habillée comme je le suis et sous les yeux de Périclès, la mélopée seule est de saison.

BARRAS et ROLAND

Va pour une mélopée !

BARRAS, buvant.

Ah! pourvu toutefois qu'elle parle de Vénus et de Bacchus!

CORNÉLIE, accordant sa lyre.

Vous serez satisfait, monsieur le vicomte.

Déclamant à la façon des anciens.

I

Lorsque Vénus naquit, elle troubla le monde;
Sa beauté merveilleuse arma le genre humain,
Elle eut peur, et voulut retourner vers son onde,
Mais Bacchus arriva deux coupes à la main.

ROLAND, prenant une coupe dans chaque main.

... Deux coupes à la main!

BARRAS, même jeu.

Bravo! Bacchus... Bravo! Vénus.

CORNÉLIE.

II

— Prends, Vénus, lui dit-il, et sans danger sois belle ;
— Buvez aussi, mortels, nous dit le dieu charmant.
L'ivresse pour Vénus devint universelle,
Et Vénus prit alors l'univers pour amant.

Ils boivent.

III

Oh! buvons! la sagesse est au fond de l'amphore.
Buvons tous à la paix, nous verrons revenir
Bacchus aimé, portant ses deux coupes encore,
L'une pour la beauté, l'autre pour le plaisir.

BARRAS.

Bravo! bravo! c'est délicieux; mais j'aime mieux une chanson à boire...

ROLAND.

Moi aussi.

CORNÉLIE.

Et moi donc! (Jetant sa lyre et s'armant d'un verre, se levant et avec force.) *Liberté, Égalité et Fraternité*, c'est le titre de ma chanson.

PREMIER COUPLET.

Nous avons illustré Paris
D'une devise fraternelle;
Mais trois mots, sur les murs inscrits,
Rendent-ils la France plus belle?
Amis, il est un âge d'or
Qui m'est resté dans la mémoire;
Comme au vieux temps vivons encor
Pour l'amour, le vin et la gloire.

Buvons amis,
Jamais d'ennuis,
Plus d'ennemis,
Réveillons par nos cris,
De la folle gaîté les échos endormis.

TOUS TROIS, ensemble.

Buvons! buvons!

Ils boivent. Barras lutte contre le sommeil.

REPRISE ENSEMBLE DU REFRAIN.

CORNÉLIE, parlé.

Deuxième couplet!

DEUXIÈME COUPLET.

Si jamais le peuple français
Accepte ma chère devise.
Plus de combats, plus de procès...
On est d'accord quand on se grise.
La gloire, c'est la liberté,
L'égalité, c'est la bouteille,
Et quant à toi, fraternité,
N'es-tu pas à l'amour pareille?

Buvons, amis, etc.

TOUS TROIS, ensemble.

Buvons! buvons!

Ils boivent.

BARRAS, seul.

Bu... bu... buvons!...

(Fredonnant.)

L'égalité, c'est la bouteille...
C'est la bouteille... la bouteille...

CORNÉLIE, parlé.

Troisième couplet!

TROISIÈME COUPLET.

Buvons souvent, buvons toujours;
Cherchons la gloire pacifique,
Et laissons au Dieu des amours,
Le sort de notre république.
Sous ce triumvirat divin,
Les plaisirs naîtront à la ronde;
Venez, amour, gloire et bon vin,
Grisez et gouvernez le monde...

BARRAS, luttant contre le sommeil.

Bu... bu... vons!

CORNÉLIE et ROLAND.

Buvons, amis !
Jamais d'ennuis,
Plus d'ennemis,
Réveillons par nos cris
De la folle gaîté les échos endormis.

Barras s'endort.

CORNÉLIE.

Quelle charmante société! L'un ivre, l'autre endormi. Bah ! dormons aussi.

Elle ferme les yeux.

ROLAND, à part, regardant Barras et Cornélie qui ont les yeux fermés.

Ils en ont au moins pour une heure de sommeil. (Il écrit.) Vite, ce mot à mon domestique qui m'attend au bas de cette fenêtre...

CORNÉLIE, à part, ouvrant les yeux et regardant sournoisement.

A qui écrit-il donc ? A sa fiancée, sans doute ?

ROLAND, écrivant toujours et lisant ce qu'il écrit.

« Général, entrez sans crainte dans Pa-
» ris... Vous serez rue Chantereine avant
» que Barras ait pu assembler le conseil. »

CORNÉLIE, à part.

Faut-il qu'il aime cette femme ! Il ne l'épousera pas !

ROLAND, à part, fermant le billet et écrivant la suscription.

« Pour le général Bonaparte. »

Il se lève et se dirige du côté de la fenêtre. Cornélie se lève aussi et le suit.

CORNÉLIE, à part.

Je veux savoir le nom de cette femme et je le saurai...

ROLAND, ouvrant la fenêtre.

Ils dorment !

CORNÉLIE, à part.

Pas moi !

ROLAND, regardant dans la rue.

Germain est là.

Il jette la lettre... Cornélie la saisit au vol.

CORNÉLIE, souriant.

Capitaine, vous laissez tomber un papier.

Elle gagne rapidement l'autre côté de la scène, lit le billet et reste interdite.

ROLAND.

Mademoiselle !

CORNÉLIE, effrayée de ce qu'elle a fait.

Ah ! capitaine...

ROLAND, tremblant de colère.

Vous triomphez, Mademoiselle, ouvrez vite les deux battants de cette porte, appelez à vous les soldats qui gardent le palais... Faites-nous arrêter, mon général et moi.

(Avec ironie.) Mais avant, permettez-moi de vous féliciter, vous avez là un joli état pour une demoiselle.

CORNÉLIE, étonnée.

Monsieur !

ROLAND.

Je suis impardonnable ! car avant de vous avoir vue... je vous connaissais déjà de réputation. Mais qu'attendez-vous pour me faire jeter en prison ?... vous le voyez, je suis calme, un autre vous tuerait peut-être, moi je ne puis oublier que vous êtes une femme !

CORNÉLIE.

Mais c'est un rêve !... je vous écoute, Monsieur, et je ne vous comprends pas.

ROLAND, avec ironie.

Vous ne comprenez pas, vraiment !... Si

je ne craignais pas de retarder l'heure de mon arrestation, c'est-à dire l'heure de votre triomphe, je vous dirais qu'en ma qualité de conspirateur j'ai aussi ma police... une police moins jolie sans doute que celle de Barras, mais également bien informée.

CORNÉLIE.

Pour Dieu, expliquez-vous plus clairement, vous me faites mourir.

ROLAND, la regardant en face, et lui remettant des papiers.

Lisez.

CORNÉLIE, après avoir lu.

Oh! c'est infâme! et vous avez pu croire...

ROLAND, riant.

Vous jouez très-bien la comédie, Mademoiselle.

CORNÉLIE, lisant en pleurant.

« Parlez peu devant mademoiselle Corné-
» lie de l'Opéra. » (Ouvrant un autre papier et lisant.) « Barras et sa Cornélie chercheront à
» vous arracher vos secrets. » (Pleurant plus fort.) Oh ! c'est horrible ! (Ouvrant un troisième papier.) « Prenez garde à Cornélie... sans le sa-
» voir, par son caquetage, elle rend plus de
» services à Barras que tous ses... (Elle laisse tomber la lettre.) Ah !

ROLAND, la regardant.

Il se pourrait ! elle ignorait...

CORNÉLIE, très-agitée.

Maintenant je comprends tout. (Elle montre Barras.) Il me fait parler... parler, et par mon sot babil, je compromets mes amis... Oh ! trop parler, quel vilain défaut ! je ne parlerai plus !.. Capitaine, vous pouvez me croire, si j'ai fait le mal c'est sans le savoir... me croyez-vous ?

ROLAND.

Oui... cependant pourquoi m'avez-vous pris ce billet ?

CORNÉLIE.

Ce billet... Ah ! je l'avais oublié. (Elle court à la fenêtre et jette le billet dans la rue.) Le voilà à son adresse ! (Revenant près du capitaine baissant les yeux.) Je le croyais écrit à votre fiancée.

ROLAND, étonné.

A ma fiancée ?

CORNÉLIE, montrant Barras.

Il m'avait dit que vous deviez épouser sa filleule.

ROLAND, de plus en plus étonné.

Je n'ai jamais songé au mariage ; mais

en supposant que j'eusse dû me marier, quel intérêt aviez-vous à...

CORNÉLIE, baissant les yeux.

Peut-être un peu de jalousie...

ROLAND.

De jalousie ?

CORNÉLIE.

Regardez-moi bien en face. (A part.) Il est encore plus beau qu'autrefois. (Haut.) Vous rappelez-vous une jolie vallée de l'Oise, un petit village caché dans les tilleuls comme un nid de fauvettes, une prairie bordée de peupliers, et dans le fond du tableau, les blanches collines du Vermandois ?

ROLAND, la regardant.

Que dit-elle, grand Dieu !

CORNÉLIE.

Vous rappelez-vous un château à trois

tourelles, et à quelques pas du château une maisonnette de paysan toute tapissée de lierre et de pampre ?

ROLAND, la regardant toujours.

Serait-il possible !

CORNÉLIE.

Le château était à vous... la chaumière était à moi... Votre père émigra, ma mère mourut quand j'avais 15 ans à peine... Vous vous réfugiâtes sous les drapeaux... Je vins me perdre à Paris... Ah ! M. le comte Roland de Cerny, si vous n'aviez pas été forcé de quitter le village, nous nous aimerions encore et je serais restée digne de vous.

ROLAND.

Marie !

CORNÉLIE.

Roland ! (Ils volent dans les bras l'un de l'autre.)

ROLAND.

Marie! ma belle Marie! mes premières amours! (Il lui baise les mains.)

CORNÉLIE.

Allons, il s'agit de fuir!

ROLAND.

Partons! (Ils vont à la porte du fond, elle est fermée.)

CORNÉLIE ET ROLAND.

Fermée! (Ils vont vivement aux portes latérales, elles sont aussi fermées.)

CORNÉLIE.

Prisonniers!... et c'est moi qui vous ai perdu! Oui, c'est moi, par ma sotte jalousie... je lui ai dit que vous conspiriez contre la République.

ROLAND.

Comme si on conspirait contre tout le monde.

CORNÉLIE.

Oh ! une idée !... Barras doit avoir sur lui la clef de l'escalier secret... (Elle va prendre une clef dans la poche de Barras.) Sauvés ! nous sommes sauvés ! Partons !

Elle ouvre une petite porte cachée dans la boiserie.

ROLAND.

Partons !

CORNÉLIE.

Il faut que je lui fasse mes adieux. (Elle écrit à la hâte un billet qu'elle dépose sur le verre de Barras. — Barras fait un mouvement.) Venez vite, s'il allait se réveiller ! Si vous voulez que je vous aime encore, avant de quitter cet affreux palais, dites-moi que vous ne m'en voulez plus... (Mouvement de Barras.) Non, non ! (De sa main elle ferme la bouche de Roland.) Taisez-vous, je vous aime sans cela... Je connais les êtres, donnez-moi la main !

ROLAND.

Et le cœur aussi.

BARRAS, rêvant.

Il sera fusillé !

CORNÉLIE, avant de fermer la porte.

Quand on se grise avec des vins si bons, on ne devrait pas avoir le vin mauvais... Citoyen directeur...

Elle ferme la porte.

SCÈNE XI.

BARRAS, seul, rêvant.

A la santé de la République !... A la santé des quarante milliards d'assignats que nous avons mis en circulation !... Si ce n'est pas assez, Citoyens... parlez, ne vous gênez pas... A la santé de Bonaparte ! (Changeant de ton.) Je trouve qu'il gagne bien des batailles, mon jeune protégé... Je le vois sur son cheval arabe... il s'élance vers nous... Holà, Bernadotte, faites battre le rappel... Le voilà, le voilà, à la tête de ses grenadiers... Il entre à cheval... dans le Conseil... Téméraire! vous violez le sanctuaire des lois... (Avec effroi.) On nous charge à la baïonnette... Ouvrez les fenêtres... (Criant.) Ah! ah! (Il s'éveille en sursaut.) Quel diable de rêve ai-je fait là? (Se frottant les yeux.) Eh! bien, mes amis, buvons!

TROISIÈME COUPLET.

Fredonnant.

Venez, amour, gloire et bon vin,
Grisez et gouvernez le monde!

Regardant autour de lui.

Cornélie! Roland! où se cachent-ils donc, ces aimables fous? (Il se lève et prend le billet sur son verre.) Un billet! (Lisant.) « Vous dor-

» miez comme Jupiter Olympien... Par res-
» pect pour votre sommeil, j'enlève l'offi-
» cier; si c'est un traître, je le mettrai au
» cachot... chez moi, là il parlera, j'en suis
» sûre. » (Froissant le papier.) Je suis joué!... Sieyès m'emporte! J'ai dormi! — Moi qui bois comme pas un. — Je ne puis supporter ces vins de demoiselles... Quelle détestable boisson!... Demain, je lance un décret contre les vins sucrés; j'en interdis l'entrée en France. (Il sonne, l'huissier paraît.) Faites venir l'agent de police en surveillance; dans la cour, que le poste du Luxembourg prenne les armes... Qu'on arrête tout le monde... Je ne sais plus ce que je dis... Allez toujours! (Il se promène à grands pas.) Et moi qui avais promis à mes collègues les renseignements les plus précis...

SCÈNE XII.

BARRAS, L'AGENT.

BARRAS.

Vous voilà... malheureux, où sont les deux personnes qui soupaient ici tout à l'heure?

L'AGENT.

Je n'avais pas l'honneur, moi, de souper avec elles, citoyen directeur!

BARRAS.

Maladroit! insolent! Cornélie et Roland sont ensemble... mais, où?

L'AGENT.

Dame! le palais du Luxembourg est vaste, on peut chercher.

Il soulève le coin de la nappe.

BARRAS.

Imbécille! aveugle et sourd! Ils se sont sauvés à votre barbe, misérable endormi!

L'AGENT.

Je réponds sur ma tête qu'ils n'ont pas traversé la cour où je suis de service.

BARRAS.

Et vous ne les avez pas arrêtés?

L'AGENT.

Je ne suis pas payé pour arrêter des corps invisibles.

BARRAS.

Sortez, ivrogne, vous avez bu!

L'AGENT, regardant les bouteilles sur la table, à part.

C'est peut-être moi, qui ai bu?

BARRAS.

Restez... Non, allez dire à Botto d'écrire un ordre d'arrestation... je le signerai... en arrêtera le général Bonaparte, partout où il sera... Au Caire... même s'il le faut... Non, restez... J'irai moi-même... Ils me feront perdre la tête.

Il sort.

SCÈNE XIII.

L'AGENT, en regardant sortir Barras.

Faire arrêter le général Bonaparte ! m'est avis que le citoyen joue gros jeu.

SCÈNE XIV.

L'AGENT, CORNÉLIE.

CORNÉLIE, qui revient par la petite porte secrète.

Où est le citoyen Barras ?

L'AGENT.

Il vous cherche peut-être?

CORNÉLIE.

Dites-lui que je suis revenue. (L'agent salue et sort.) S'il n'était pas ici, tout serait perdu! — Retournez chez Barras, m'a dit Roland s'il voulait sortir, retenez-le, ne fût-ce qu'une demi-heure, c'est ce qu'il nous faut. — Ah! M. de Barras, vous vous servez de mon caquetage.

Elle regarde l'heure à sa montre.

SCÈNE XV.

CORNÉLIE, BARRAS.

BARRAS, son chapeau sur la tête, sa canne et un papier à la main.

Quoi! c'est vous, Mademoiselle, m'expliquerez-vous?...

CORNÉLIE, toute la scène avec volubilité.

Pourquoi je suis partie avec l'officier?..

Non. Vous saurez tout plus tard. Ce n'est pas de cela qu'il s'agit, j'ai cent autres choses à vous dire.

BARRAS.

Parlez vite, vous voyez que je sors.

CORNÉLIE, à part.

Peut-être. (Haut.) Je viens d'un endroit où j'ai rencontré réunis, le ministre de la police, le ministre de l'intérieur, et une foule d'autres personnages politiques très-connus.

BARRAS, déposant son chapeau sur la table.

Ah! et quel est cet endroit?

CORNÉLIE.

Vous le saurez plus tard... apprenez seulement que...

BARRAS.

Que?

CORNÉLIE.

Si vous m'interrompez toujours, vous ne saurez jamais rien.

BARRAS.

C'est juste.

CORNÉLIE.

Je causais avec... avec quelqu'un, lorsque le ministre de la police s'approche de nous... (Barras vient déposer sa canne et son chapeau sur un meuble et vient écouter.) A-t-on des nouvelles de Bonaparte? s'écrie mon voisin, du plus loin qu'il l'aperçoit. — Oui, répond confidentiellement le ministre, je viens d'apprendre d'une manière certaine qu'il revient en France; il a dû s'embarquer ce matin à Alexandrie.

BARRAS.

Voilà qui est positif; nous avons du temps devant nous. Bravo! Cornélie, vous êtes un ange, et je vais...

Il va reprendre sa canne et son chapeau.

CORNÉLIE, à part, regardant l'heure à sa montre.

Pas encore... (Haut.) Ce n'est pas tout. A peine Fouché avait-il fini, que le ministre de l'intérieur vint se mêler à la conversation. (Barras va déposer sa canne et son chapeau.) Savez-vous la nouvelle? s'écria-t-il. — Non. — Une personne, digne de toute confiance, vient de me révéler en secret, que le général Bonaparte, d'après des calculs certains, doit débarquer dans ce moment-ci à Fréjus.

BARRAS, reprenant sa canne et son chapeau.

Diable! parti ce matin d'Alexandrie, en Égypte... il aborde ce soir à Fréjus, en Provence; je vais voir de qui le ministre tient la nouvelle.

CORNÉLIE, regardant l'heure à sa montre.

Attendez donc! je n'ai pas tout dit. Une troisième personne, que je ne connais pas, et dont les ministres semblaient faire le plus grand cas, vient ensuite nous assurer que Bonaparte était entré à Lyon, par le pont de la Guillotière, le 15, et qu'il serait à Paris, dans la soirée.

BARRAS.

Double tonnerre ! Ce damné général voyage donc sur un hippogriffe ! (Reprenant sa canne et son chapeau.) Mais que faire de ce misérable télégraphe ! (Il ouvre la fenêtre.) Ah ! ventre-bleu ! il est nuit, et nuit noire encore. Heureusement, j'attends de pied ferme ce peti général... J'ai un ordre d'arrestation.

CORNÉLIE, riant.

Ah !

BARRAS.

Et je vais...

CORNÉLIE, regardant sa montre. — L'heure sonne à la pendule.

a demi-heure est passée. (Haut.) Calmez-vous! Tout ce que je viens de vous dire est aussi faux que possible... Le général n'est ni à Alexandrie, ni à Fréjus, ni sur la route de Lyon.

BARRAS, déposant sa canne et son chapeau.

A la bonne heure!... Et où est-il?

CORNÉLIE, riant.

A Paris, rue Chantereine.

BARRAS, tombe assis.

Ventrebleu!

CORNÉLIE, à part.

Tu as voulu du bavardage... je t'en ai donné.

SCÈNE XVI.

LES MÊMES, LE CAPITAINE ROLAND DE CERNY, L'AGENT, BOTTO.

ROLAND.

Citoyen président, le général en chef de l'armée d'Égypte m'a chargé d'avoir l'honneur de vous apporter ses compliments empressés. Il est descendu de voiture en son hôtel de la rue Chantereine, au milieu d'un concours de vingt mille citoyens qui l'attendaient.

L'AGENT.

En ma qualité d'officier de la police de sûreté, j'assistais à la manifestation. Tout s'est passé dans l'ordre le plus parfait; d'ailleurs j'étais là.

BARRAS.

En vérité? — Parlez-moi de la police

elle assiste toujours à un fait accompli. Je mettrai ordre à toutes ces folies. — Botto, convoquez le Conseil. Envoyez chez Sieyès et chez Roger Ducos.

CORNÉLIE, à Botto, en souriant.

On les trouvera tous les deux rue Chantereine.

BARRAS, piqué.

Ah ! mandez le ministre des affaires étrangères, Talleyrand.

CORNÉLIE, saluant.

Il est rue Chantereine.

BARRAS.

Le ministre de l'intérieur, le ministre de la guerre.

CORNÉLIE, même jeu.

Rue Chantereine.

BARRAS, avec colère.

Fouché, à l'instant.

CORNÉLIE, s'inclinant.

Rue Chantereine.

BARRAS.

Or çà, toute la France est donc rue Chantereine?

CORNÉLIE.

A peu près... Citoyen président, voudrez-vous nous dire quel est ce papier que vous tenez à la main; est-ce un ordre d'arrestation, ou une lettre de compliment?

BARRAS, à part.

Je suis joué. (Haut.) Ce papier, Mademoiselle, (il déchire l'ordre d'arrestation) c'était un brevet de chef d'escadron que je destinais au brave capitaine de Cerny. — Il devient inutile. — Je demanderai demain, au ministre de la guerre, un régiment pour le capitaine... (Bas, à Cornélie) Vous m'avez joué, Mademoiselle.

CORNÉLIE, bas, à Barras.

Dites que je vous ai sauvé une grande imprudence en vous empêchant de faire arrêter Bonaparte. — A l'heure qu'il est, les Parisiens vous jetteraient par la fenêtre. — Croyez-moi, allez demain matin rue Chantereine. — Le soleil levant est toujours si beau !

BARRAS, furieux.

Mademoiselle !

L'AGENT.

J'attends les ordres du citoyen président.

BARRAS, regardant Cornélie.

Mes ordres... Mais... Ma voiture...

CORNÉLIE, souriant.

Où allez-vous, Périclès?

BARRAS.

Rue Chantereine!

TOUS.

Rue Chantereine!

La toile tombe.

FIN

www.ingramcontent.com/pod-product-compliance
Ingram Content Group UK Ltd.
Pitfield, Milton Keynes, MK11 3LW, UK
UKHW020405230726
13925UKWH00003B/1269

9 782014 057829